Martin Dexheimer

Das Schwein in der Küche

Geschichten von Jakobswegen in Frankreich

Martin Dexheimer

Das Schwein in der Küche

Geschichten von Jakobswegen in Frankreich

Bibliografische Information der Deutschen Nationalbibliothek: Die Deutsche Nationalbibliothek verzeichnet diese Publikation in der Deutschen Nationalbibliografie; detaillierte bibliografische Daten sind im Internet über http://dnb.dnb.de abrufbar.

Korrektur: Martina Kraft, Anja Zscherper

Verlag: BoD · Books on Demand GmbH, In de Tarpen 42, 22848 Norderstedt, bod@bod.de

Druck: Libri Plureos GmbH, Friedensallee 273,

22763 Hamburg

ISBN: 978-3-7597-9489-5

Inhaltsverzeichnis

Pilgern wie Gott in Frankreich

Ich liebe es, durch Frankreich zu pilgern. Dieses Land ist wirklich begehenswert. Und es gibt viele verschiedene Jakobswege.

Aus der Geschichte hervorgegangen sind vier Hauptwege, wovon sich drei beim Stein von Gibraltar vereinen und bis nach Saint Jean Pied de Port führen, am Fuße der Pyrenäen. Dieser Ort ist bekannt, hier sind schon viele Pilger gestartet, so auch ich schon einige Male.
Gleich die erste Etappe führt über die Pyrenäen nach Spanien. Wenn man frisch auf den Beinen ist, kann es schon eine große Herausforderung sein. Bei sonnigem Wetter hat man wunderschöne Ausblicke in Täler und auf Berge. Lämmergeier kreisen hoch oben im blauen Himmel. In den Bergen weiden Pferde, Schweine, Kühe und Schafe. Mitunter führt der Weg mitten durch sie hindurch. Nahe der Rolandsquelle erreicht man dann Navarra, die erste spanische Provinz.

Der vierte Hauptweg durch Frankreich ist die Via Tolosana, der Pilgerweg, auf dem die Pilger aus Südosteuropa kamen, wie zum Beispiel viele Italiener.

Die anderen Hauptrouten kommen einmal aus Richtung Paris, eine andere über Vézelay und schließlich der Weg aus Richtung Genf über Le Puy-en-Velay. Natürlich gibt es noch weitere Routen und kleinere Wege.

Mein erster französischer Pilgerweg war die Via Gebennensis. Im Juni 2017 startete ich in Frankfurt an der Oder, hatte Deutschland bis zum Bodensee durchquert, pilgerte dann durch die Schweiz bis nach Genf. Eine unscheinbare Schranke zeigt die Grenze nach Frankreich an. Ich trat ein und sah: Dieses Land war einfach unbeschreiblich schön. Die Gebennensis führte anfangs in der Nähe der Rhone entlang.

Ich hatte in der Schweiz ein französisches Pilgerheftchen erworben. Damit hangelte ich mich in Frankreich von Unterkunft zu Unterkunft. Die Herbergen heißen Gite, es gibt sie privat und kommunal betrieben. In den einfachen Herbergen gibt es noch original französische Stehklos. Das ist für den geschwächten Pilger nach zwanzig bis dreißig Kilometern dann nicht so einfach, mit schmerzender Beinmuskulatur die nötige Balance zu halten und das Toilettenloch im "Blick" zu behalten.

In den privaten Gites gibt es oft Halbpension, mitunter ist das auch obligatorisch. Da kann man die örtliche Küche kennenlernen. Ich war sparsam unterwegs und kochte oft selbst. Nach den ersten Erfahrungen beim Versuch einzukaufen war ich so clever und googelte mir vor Erreichen des Zielortes die Einkaufsmöglichkeiten. Oft waren diese am Rande der Ortschaften und in den ungünstigsten Fällen musste ich ein bis drei Kilometer zurück zum Supermarkt pilgern.

Ich traf nicht so viele Pilger, die meisten waren Franzosen und sprachen oft nur Französisch. Französisch spreche ich nicht. Das machte es mir nicht gerade einfach. Doch wenn man sich verstehen will, braucht es nicht unbedingt Sprachkenntnisse.

Die Gebennensis führt bis nach Le Puy-en-Velay, wo die Via Podiensis beginnt. Auf diesem Weg kommt man durch so beeindruckende Orte wie Conques und durch Städte wie Cahors, Moissac und Condom, bis man schließlich Saint Jean am Fuße der Pyrenäen erreicht. Auch die Variante nach Rocamadour, die kurz hinter Figeac von der Podiensis abzweigt, ist ein beeindruckender Pilgerweg.

Tomatentarte

Um acht Uhr bin ich mit der Frau von der Rezeption auf dem Zeltplatz verabredet. Sie will mir bei der Suche nach einer Unterkunft für heute helfen und ruft verschiedene Telefonnummern an. Leider erreicht sie aber niemanden und so bleibt die Suche nach einer Übernachtung ohne Ergebnis. Also stiefele ich ohne ein klares Ziel los, fühle mich etwas ratlos. Als ich an der Gite la Fromagerie vorbeikomme, wo ich vor 3 Jahren schlief, halte ich an. Vor dem Haus treffe ich die Hospitaliera wieder. Sie scheint mich zu erkennen und bittet mich sofort erstmal um Hilfe.

Die vordere Wohnung der Fromagerie ist jetzt frei geworden und sie soll als zusätzliche Räumlichkeit für die Gite hergerichtet werden. Wir schleppen einen Stahlschrank und einen Kühlschrank raus. Der neue Teil der Gite kann echt schön werden. Anschließend hilft sie mir. Sie erledigt die Unterkunftsanrufe für mich. Das bleibt weiter schwierig. Vieles hat noch geschlossen. Dann erreicht sie eine Unterkunft in Marlioz. Sie haben Platz und nehmen mich auf. Ich pilgere erleichtert weiter und komme am Schloss in Pomier vorbei, später am Weihnachtsmannland in Mont Sion.

Und immer wieder geht es bergauf und bergab, da bleibe ich in der Übung.

In Charly will mich ein großer Hund fressen. Er steht mitten auf der Straße und lässt mich nicht vorbei, knurrt und fletscht die Zähne. Ich will nicht gefressen werden. Ich schreie ihn an ... zuerst auf Englisch und dann auf Deutsch. Er versteht kein Englisch, auch kein Deutsch, kann keine Fremdsprachen. Ein Mann aus dem Dorf reagiert auf meine Wortmeldungen, er kommt aus einem Haus heraus und vertreibt den Hund. Ich habe überlebt. Gott sei Dank.

Der Wald beruhigt mich, er zieht mich mit und sich hin. Dann endlich sehe ich im Irgendwo einen Abzweig zur Alternative nach Marlioz. Durch den dichten Wald geht es weiter, ich komme an einer Kapelle vorbei.

Dann passiere ich das Ortsschild, finde die Straße. Catherines Haus hat die Nummer 2543. Ich hoffe, dass die Straße nicht bei Nr.1 beginnt. Zum Glück haben die Straßennummern überhaupt keine Logik. Nach rund 500 Metern bin ich da. Ein rustikales Haus beherbergt meine Unterkunft, zwei freundliche alte Leutchen empfangen mich.

Mein Zimmer im Haus ist gemütlich. Von meinem Zimmerfenster aus kann ich den Mont Blanc sehen, so hat mich meine Gastgeberin informiert.

Um sieben Uhr ist Aperitif angesagt. Ich habe genug Zeit um zu duschen, die Wäsche waschen und aufhängen und um mich auszuruhen. Zum Aperitif ist Catherines Sohn da. Er schenkt mir einen weißen Martini ein. Ich bekomme dann noch einen Martini. Oder waren es drei? So erlebe ich ein französisches Plauderstündchen, das ins Abendbrot übergeht.

Als Vorspeise gibt es Tomatentarte. Was für ein Dilemma, ich mag Tomaten überhaupt nicht. Aber ich bin hier Gast und sie haben für mich gekocht. Ich kämpfe mit mir und es geschieht ein Wunder: Ich esse sie.

Die Tomaten verdecke ich mit der Tarte, sehe und schmecke sie nicht.

Das ist schon verrückt, 54 Jahre habe ich gebraucht und kann mich überwinden und esse die Tomatentarte. Der Abend ist freundlich und warmherzig. Wir schwatzen auf Englisch über Gott und die Welt.

Jagdhütte mit Wasserhahn

Gerade ist es wirklich heiß in Frankreich. Wenn ich ein Steak wäre, dann wäre ich jetzt durch. Ein echt krasser Sommer begleitet mich auf meiner Pilgertour. Von Genf aus bin ich wieder mal unterwegs.

Als kurz vor diesem Sommer 2020 die Lockdowneinschränkungen gelockert wurden und Pilgern in Frankreich möglich wurde, war ich überglücklich und hatte sogleich den Jakobsweg ab Genf ins Auge gefasst.

Nun bin ich also unterwegs und habe ständig Durst. Bestimmt fünf Liter Wasser und mehr schütte ich jeden Tag in meine staubige Kehle. Wasser kann so köstlich sein.

Ich pilgere heute zur Jagdhütte Botozel, die mitten im Wald liegt. Die steilen Aufstiege zur Hütte sind heftig. Es geht hoch, bis zum Ende des Blickfeldes und dann weiter. Ja, ich bin heute ordentlich am Fluchen. Unterwegs gibt es als Entschädigung immer wieder fantastische Ausblicke auf die Rhone unten im Tal. Am späten Nachmittag erreiche ich die Hütte.
Der Wasserhahn funktioniert und liefert kühles Wasser, ausreichend zum Trinken und zum

Waschen. In leiser Vorahnung habe ich einen Waschlappen dabei. So ziehe ich mich aus und wasche mich mit dem Lappen blitzeblank.
In diesem Moment kommen keine Spaziergänger zur Hütte oder gehen an ihr vorbei. Sicher hätten sie sich vor einem ergrauten deutschen Pilger mit Feinkostgewölbe erschreckt.

Zuerst versuche ich auf dem freien Platz hinter der Hütte mein Zelt aufzubauen. Der Boden ist knochentrocken und ohne Heringe kann mein Zelt nicht stehen. Lustigerweise hat es den Namen "Santiago" und man braucht praktischerweise den Wanderstab als Stütze. Dann baue ich im lockeren Waldboden vor der Hütte mein Zelt auf und kriege es zum Stehen kriegen. Unter dem Dach der Hütte gibt es Bank und Tisch, ich lasse mich nieder und esse mein mitgebrachtes Abendbrot. Gegen acht Uhr bin ich im Zelt. Ich sauge die Waldgeräusche um mich auf, höre den Wind flüstern, die Insekten summen, die Vögel zwitschern und auch undefinierbares Knacken in der Nähe. Ich denke an meinen einsamen Rucksack draußen vor dem Zelt und quetsche ihn dann mit ins Zelt. Das Zelt ist eigentlich eher eine Zelttasche, in die ich mit den Füßen zuerst hinein krabbeln musste. Eine halbe Handbreit habe ich über dem Gesicht Platz.

Irgendwie geht es, aber es ist nicht wirklich bequem. Gegen 22 Uhr wird es urplötzlich still. Es ist so, als ob jemand mit einem Schalter alle Geräusche ausgeschaltet hat.

Gegen fünf Uhr früh schaltet sich der Wald wieder an. Ich krabbele aus meiner Zelttasche heraus. Unter dem Dach der Jagdhütte beginne ich mit dem Zusammenpacken meiner Sachen und frühstücke. Etwas kühl zeigt sich der Morgen. Als die ersten Wanderer vorbeispazieren, mache ich mich auch auf die Socken. Mein inneres Akku ist aufgeladen, nur mein Telefon röchelt in den letzten Prozenten.

Der Morgenweg führt wieder bergauf, steil und steinig. Erst in der letzten Stunde vor Saint Maurice de Rotherns ist dann endlich Schluss mit den ewigen Aufstiegen. Ich finde einen schönen Platz an einem Stein mit einem grandiosen Blick auf das Rhonetal.

Bis nach Saint Maurice ist der Weg ungewohnt flach und wiesig. Im Ort steuere die Kirche an, hoffe darauf, dass Gott an Strom gedacht hat. Tatsächlich steht die Kirche unter Strom und spendet mir Energie für mein hungriges Telefon. So kann ich aufgeladen weiter ins Tal pilgern.

Accueil Jacquaires

Auf dem Jakobsweg Via Gebennensis lerne ich von Tag zu Tag die Unterkunftsmöglichkeit Accueil Jacquaires immer mehr zu schätzen. Andere Unterkünfte, besonders die kommunalen Herbergen (Gite communal), sind noch geschlossen. So wie ich es verstanden habe, können sie oft die hygienischen Auflagen nicht gewährleisten. Accueils Jacquaires bedeutet, dass man als Pilger in Privathaushalten eine Übernachtungsmöglichkeit findet. Für einen halben Tag ist man zu Gast in einer Familie, sitzt mit am Abendbrottisch und bekommt ein Frühstück. Dafür spendet man im Prinzip so viel, wie es den Möglichkeiten des einzelnen Pilgers entspricht. Einige der Anbieter sind selbst Pilger, fast alles Mitglieder im Pilgerverein der Region, der auch den Pilgerführer erarbeitet hat.

Heute Abend bin ich zu Gast im Haus von Familie Gargiolo, die Familie ist sehr gastfreundlich. Beim Abendessen haben wir angenehme und gute Gespräche. Besonders Nina, die Schwiegertochter, ist sehr interessiert an meinen Leben und meinen Erfahrungen in der DDR. Tolle Leute lerne ich kennen und genieße dazu ein köstliches Essen.

Für das Frühstück geben sie mir was mit ins Studio.

Die Nacht ist super, ich schlafe durch. Mein Frühstück mache ich mir in der kleinen Küche. Leckeres frisches Mischbrot gibt es. Die dicke Spinne von gestern lässt sich, Gott sei Dank, nicht mehr sehen. Gegen halb acht gehe ich los. Vor Bessey liegt noch ein kleines grünes Tal. Also geht es zuerst hinab, dann wieder hinauf mit mir. Der Himmel ist blau über meinem Kopftuch und ein bergiger Weg führt mich an Obstbäumen und an einem Zeltplatz vorbei. Einmal verliere ich den Weg. Nach Bessey ist irgendwie anders ausgeschildert und die Muschel ist oft miniklein mit auf dem Schild. Zur Not hilft mir GPS. An zwei Stellen fehlen auch Markierungen. Der Weg und ich finden wieder zueinander und gemeinsam geht es über Anstiege hoch zur Gite de Sainte Blandine, die ziemlich verschlossen aussieht. Dort habe ich vor drei Jahren pausiert. Dieses Mal ist noch genug Wasser in meiner Flasche und so geht es abwärts bis nach Saint-Julien-Molin-Molette, einem gemütlichen Städtchen. An der Hauptstraße sind die Gaststätten und sie sind lautstark besetzt. Ein angetrunkener Moletter begrüßt mich hicksend, aber freundlich in seinem Ort. Ich trinke einen Kaffee.

Hinter dem Ort führt die Podiensis erstmal wieder aufwärts. Beeindruckende Wege führen mich ins bergige Land. Als es dann abwärts geht, wird der Weg praktisch zu einem Geröllfeld. Es ist überhaupt nicht einfach, durch rollende und zum Teil scharfkantige Steine zu stelzen. Die Kanten und Spitzen kann ich durch die Schuhe spüren.

Der Weg geht am Zeltplatz vorbei bis nach Bourg Argenthal. Vor der Bäckerei raste ich ziemlich geschafft. Da spricht mich eine ältere Frau auf Deutsch an. Sie macht hier irgendwo Urlaub und hat mich als Deutschen erkannt. Meine Gastgeberin Nathalie kommt und bringt mich zu ihrem Haus etwas oberhalb des Ortes. Ein tolles Pilgerquartier wartet auf mich, ein Häuschen mit zwei Etagen. Ihr Mann ist auch da, beide sind selbst Pilger und wir haben natürlich sofort viele Gesprächsthemen. Es ist ein sehr schöner Nachmittag und Abend bei ihnen. Ich esse tatsächlich die zweite Tomate meines Lebens und überlebe. Nathalie hat zwei Enkel zu Besuch, die lustig über den Hof düsen. Das alles macht meinen Aufenthalt nahezu perfekt. Meine Wäsche trocknet derweil in der Abendsonne.

Durst

Der Tag beginnt recht früh auf dem Zeltplatz in Faramans für mich. Ich habe wirklich gut geschlafen, war gestern schon um neun Uhr im Bett, also kann ich gut um halb sechs aufstehen. Meinen Rucksack packe ich schnell und ein kleines Frühstück folgt. Kurz nach sechs starte ich in den ruhigen Tag. Der Zeltplatz schläft noch. Ich genieße drei recht kühle Stunden zu Beginn des Tages. Der Weg ist heute nicht spektakulär, dafür recht eben. Gegen neun Uhr erreiche ich das Örtchen Revel Tourdan. Wie auf Zuruf öffnet gerade die Bar in der Nähe der Kirche für meinen Morgenkaffee. Die Kirche schaue ich mir vorher an, da ein Pilgerfreund von den Glasfenstern geschwärmt hatte.

In der Boulangerie sind die Schokobrötchen aus, dafür lächelt mich ein Mini-Quiche an. Es schmeckt oberlecker und schon ist es weg.

Zwei Kilometer nach Revel liegt die Gite "La ferme de bruyeres", hier war ich vor drei Jahren zu Gast. Ich schaue zu Besuch bei den Inhabern vorbei. Sie erkennen mich wieder und wir haben einen munteren, warmherzigen Plausch.

Ihr 11-jähriger Sohn hat sichtlich mehr Spaß mit mir auf Englisch rumzuflachsen, als am Hausunterricht seines Vaters teilzunehmen. Er steigt auf die Leiter und pflückt mir eine saftige Feige. Seine Mutter Lakshmi erzählt vom Indientrip der Familie im letzten Jahr. Es wird ein wunderbarer Stopp. Ich ziehe mit etwas Wehmut weiter, die beiden bringen mich noch bis zum Weg zurück.

Inzwischen ist es wieder heiß, ich steige in den Camino-Ofen ein und schwitze über den Weg. Schatten ist zuerst Mangelware. Dann bin ich schon am Abzweig der Alternative, pilgere weiter nach Bellegarde. Mein Wasser ist inzwischen vertrunken. In Poussieu suche ich eine Bar und finde eine, die nicht mehr in Betrieb ist. Der Ort ist langgezogen und nirgendwo sind Stimmen zu hören. Dann finde ich endlich einen offenen Hof, eine große Familie sitzt zusammen. Mit zittriger Stimme, so glaube ich, hauche ich "Bitte Wasser" über den Hof. Und die ganzen Leute, Kinder, Eltern und die Großmutter, kommen im schnellen Tempo auf mich zu. Der eine Sohn nimmt mir fix die Trinkflaschen aus den Händen und flitzt zum Wasserhahn. Mit dem Rest der Familie gibt es inzwischen eine sehr freundliche Konversation.

Selbst die Oma spricht mich auf Englisch an. Als dann mein Wasser kommt und ich trinke und "köstlich" sage, grinsen alle verständnisvoll. Sie wünschen mir einen Guten Weg und ich pilgere zurück zur Via.

Die letzten sieben Kilometer ziehen sich und vergehen auch. Als ich die Lazarusquelle erreiche, regnet es und gleichzeitig scheint die Sonne. So übersehe ich wohl den Abzweig zu meiner Unterkunft. Ich entdecke erst unten am Ortseingang von Saint Romain, dass ich wieder zurück zur Quelle muss, also den Berg wieder hoch. Dort finde ich dann den Abzweig. Nur noch wenige Meter muss ich gehen und ich bin am Haus von Lucienne.

Einen schönen Platz hat sie da. Das Haus ist wunderschön verwinkelt und urig gemütlich. Und es ist schon eine Pilgerin da, sie kommt aus Köln.

Mit der Dusche brauche ich 'ne Weile, um sie in Gang zu kriegen. Später sitze ich an der gläsernen Schiebetür und erlebe das abendliche Gewitter, das sich gerade über dem Haus austobt. Ich bin schon gespannt, wie das gemeinsame Essen wird.

Das Ende eines Schirmes

Der Jakobsweg Via Podiensis beginnt im beeindruckenden Pilgerstädtchen Le Puy en Velay. Viele Franzosen starten hier ihren Pilgerweg.
Das wird bei der morgendlichen Pilgermesse in der Kathedrale sichtbar. Um die 60 Pilger sind anwesend und viele holen sich auch einen Pilgersegen ab. An der Kirchenwand stehen viele Rucksäcke. Meiner ist nicht dabei, er steht noch in der Herberge um die Ecke.

Durch das große Tor der Kathedrale schreiten nach der Messe die Pilger hinaus und beginnen ihren Weg. Ich hole meinen Rucksack und folge ihnen hinab in die Stadt.

Mein erster Tag auf der Podiensis beginnt mit aufmunterndem Regen über der Stadt. Der Regen bleibt auch nach der Stadt dabei. Ungefähr zehn Kilometer begleitet mich dieser Regen. Ich bin gut verpackt mit Poncho und habe meinen tollen Pilgerschirm zwischen Bauchrucksack und Körper geklemmt. So sind meine Hände frei und der Schirm verhindert, dass meine Brille nicht verregnet auf meiner Nase sitzt.

Der Tag fordert ein erstes Opfer - eine starke Windböe verbiegt plötzlich meinen aufgespannten Schirm. Ich versuche ihn zurückzubiegen, aber eine weitere Böe zerknüllt ihn völlig. Nun ruht er in einer französischen Mülltonne. Die Erfahrung des Tages: Nicht jeder Schirm schafft es nach Santiago. Ich nehme bewegt Abschied, dieser Schirm hatte mich verlässlich und schützend seit Deutschland begleitet. Schirmlos pilgere ich nun also weiter.

In Saint-Privat-d'Allier habe ich einen Platz in einer Herberge reserviert. Sie ist schon offen und ich gehe als erster Pilger hinein. Es ist niemand da, so dusche ich schon mal und breite mich aus. Dann kommt der Gite-Mann und macht mir klar, dass ich hier nur mit obligatorischer Halbpension bleiben kann. Ich zeige ihn meinen Reiseführer, wo es nicht so beschrieben ist. Er lässt nicht mit sich reden.

Also packe ich mein Zeug wieder ein und lasse mich sozusagen vertreiben. Ich durchkämme den Ort, schaue in alle anderen Herbergen und frage nach einem Platz. Alle Gites sind komplett. Oben auf dem Berg auf dem Zeltplatz soll es auch eine Gite geben. Ich stapfe hoch und finde sie nicht, treffe auch niemanden auf den leeren Platz.

Was kann ich nun machen? Weitergehen ist keine wirkliche Option. Bis zur nächsten Herberge sind es mehr als zehn Kilometer. Ratlos trotte ich zurück in den Ort. An einer Wand entdecke ich fast zufällig eine Info-Tafel mit Adressen und Telefonnummern, es scheinen Unterkünfte zu sein.

Ich rufe die erste Nummer an, auch diese Gite ist belegt. Beim zweiten Anruf ist eine Frau namens Sonja dran. Sie betreibt eine Gite um die Ecke und hat noch Platz für Pilger. Nun bin ich mehr als erleichtert und eile schnell in die kleine Gasse zur Gite. Sonja wartet schon vor der Tür ihrer Herberge auf mich. Sie begrüßt mich freundlich und zeigt mir das Haus. Ihre Gite ist sehr sympathisch und neu eingerichtet. Und ich bin der erste Gast. Unten ist ein gemütlicher Aufenthaltsraum mit Küche und oben sind die Schlafplätze.

Irgendwie sollte es heute wohl so kommen, ich fühle mich in der Gite mit dem Namen "L'eau Vive" (Wasser des Lebens) am richtigen Ort.

Im Ort gibt es kleine Geschäfte, die noch geöffnet sind. So kann ich Lebensmittel einkaufen und mein Abendessen kochen.

Durch das Aubrac

Gestern in der Gite in Les Estres teilte ich mir mit Remi aus dem Elsass ein Zimmer. Er ist ein freundlicher älterer Mann, mit 17 Kilogramm Gepäck auf dem Rücken. Er erzählte am Abend ein wenig von sich, von dem aussterbenden elsässerdeutschen Dialekt und von seinen Erfahrungen mit der französischen Mentalität in seiner Region. Er schien nicht wirklich glücklich als Franzose zu sein.

Am Morgen sehe ich ihn mit seinem schweren Rucksack vor mir. Er hat auch ein Zelt dabei aus Respekt und Sorge wegen Covid. Ich muss mich nicht bemühen, ihn zu überholen.

Und schon bin ich allein im morgendlichen Wald vor Aumont Aubrac. Da brüllt plötzlich hinter mir die Bestie von Gevaudan. Links und rechts sehe ich Stacheldrahtzäune. Wo soll ich nur hin? Ich drehe mich um und sehe nur Kühe, die mich von ihrem Weideplatz unter den Bäumen anbrüllen.
Bald schon erreiche ich Aumont Aubrac. Die hiesigen Pilger sind anscheinend gerade aufgestanden und stehen brav in der Frühstücksschlange vor dem Bäcker.

Ich ziehe weiter und weiter. Es sind heute viele Pilger auf dem Weg unterwegs, es wird voller auf dem Weg.
Noch bin ich ohne eine Pause unterwegs - denke an die skurrile Bar von Regina, dort will ich halten. Das Haus mit der Bar leider verschlossen und es gibt keinen Hinweis mehr auf eine Bar. Auf einer Muschel an einem Kreuz lese ich den Namen Regina, das lässt mich erahnen, dass sie verstorben ist.

Ich sehe sie noch vor mir - als ich 2017 dort pausierte: Eine spindeldürre, alte, wackelige Dame mit einer ständigen Kippe zwischen den Lippen, langsam und schwankend in ihren Bewegungen. Sie schaffte es, mir den Tee in einer winzigen Tasse zu bringen, ohne dass etwas überschwappte.

Ich pilgere weiter bis zur nächsten beschriebenen Gastlichkeit, der Rose vom Aubrac. Dieser Pilgerstop hat sich enttäuschend verändert. Die etwas unfreundlichen Betreiber wollen deftige Preise für alles und die Toilette darf ich auch nicht benutzen.

Mit zerknirschtem Gesicht pilgere ich weiter durch die wunderschöne Gegend.

Dann treffe ich Roman, einen freundlichen 30-jährigen Lokführer aus Frankreich.
Er ist gerade dabei, sein Leben umzukrempeln und will ab September Heimerzieher werden.

Irgendwann bleibe ich zurück, brauche eine zweite Pause. Es gibt einen schattigen Platz und frisches Wasser.

In Nasbinal zeigt sich Frankreich verwandelt. Seit heute gilt die Maskenpflicht in der Öffentlichkeit und plötzlich tragen alle Masken.
Dann komme ich in der Nada-Gite an, beziehe ein Einzelzimmer für 14 Euro. Beim Anmelden bekomme ich mit, dass die Hospitaliera perfekt Englisch spricht. Warum hatte sie mich gestern am Telefon bei meiner Nachfrage nach einem Bett so zappeln lassen?

In der Gite gibt es eine offene Küche. So ziehe ich nochmal los und kaufe im Laden ein und kann dann endlich meine Linsensuppe kochen. Beim Kochen am Abend treffe ich viele Pilger in der Küche wieder und lerne neue Leute kennen. Witzig ist, es ist heute eher möglich, mit einigen Franzosen Spanisch zu sprechen, als Englisch.
Der Abend mit den vielen Pilgern wird richtig schön.

Der eisige Besen

Der Morgen nieselt so vor sich hin. Die anderen Pilger verpacken sich in ihre Regensachen. Ich mache das aber nicht, denn ich bin gut informiert. Laut Wetterbericht wird es erst zu 17 Uhr regnen und es ist jetzt gerade 7 Uhr.

Ich bin noch nicht ganz raus aus Nasbinal, da muss ich meine Regensachen auspacken und überziehen. Es regnet immer mehr und starker Nebel zieht auf. Zum Glück stampfen die Pilger wie auf einer Perlenschnur aufgefädelt hintereinander durch den Dunst den Berg hoch, über die Weiden. Meine Brille ist ständig verregnet, der Nebel wird noch stärker. Ich sehe nicht wirklich was.

Der Regen peitscht eisig von der Seite, er trifft messerscharf mein Gesicht und die Hände. Es ist wirklich unangenehm heute. So bekomme ich nicht viel mit von der gefährlichen Situation, als wir über eine Kuhweide müssen, wo es auch Bullen geben soll. Ab und zu stellt sich ein Pilgerumriss vor mir als eine Kuh heraus, die umrundet werden muss. Hier unterschieden sich die Pilger, die einen machen einen riesigen Bogen, die anderen rennen die stolzen Aubrac-Kühe fast um.

Ich gehöre eindeutig zu den Pilgern, die einen Bogen machen. Es ist ja auch nicht wirklich klar, ob sich hinter einer Kuh im Nebel, nicht doch ein Bulle verbirgt. So komme ich ohne ungewöhnliche Begegnungen und unbeschadet über die Weide. Der Pfad ist glitschig und durch die vielen Spuren der Pilger matschig gelatscht. Ich vermute, dass diese Weiden mit den Kühen sicher toll aussehen.

Mindestens 50 Pilger sind unterwegs - das bemerke ich aber erst in der Bar im Örtchen Aubrac. Alle sind nass bis auf die Knochen und haben dreckige Schuhe. In einem Vorraum muss man die Schuhe ausziehen und die Regensachen aufhängen.

Die Kellner in der Bar wirken sehr verschüchtert und unsicher, dann höre und sehe ich auch die Ursache dafür. Die Chefin faucht und meckert lautstark ihre Angestellten an. Wie ein eisiger Besen fegt sie durch die Bar, mischt sich in Bestellungen ein, die die Kellner längst aufgenommen haben. Die kommen natürlich durcheinander, vergessen so meinen Wein. Die Chefin will trotzdem Geld dafür kassieren. Andere Pilger stehen mir bei und bestätigen, dass der Wein vergessen worden ist. Ich bezahle standhaft nur die Suppe.

Eine nette Kellnerin bringt mir noch mit einem schelmischen Lächeln und heimlich zwei Plastiktüten, die ich über die frischen Strümpfe ziehe und dann in die nassen Schuhe schlüpfe.

Draußen ist die Nebelsuppe dichter geworden. Der Regen hat auch noch nicht genug, er wässert ausdauernd weiter. Eine Französin rät mir, besser auf der Straße bis Saint-Chely-d'Aubrac zu bleiben. So gehe ich also auf der Straße entlang. Und dann, kurz vor dem Ort, hören der Regen und der Nebel schlagartig auf. So habe ich noch sieben angenehme und trockene Kilometer bis nach Lestrade. Es geht durch einen schönen Wald und dann an einer kleinen Straße entlang.

Endlich bin ich da. Ich werde freundlich begrüßt. Die Wirtin der Gite kann Englisch und ist sehr gastfreundlich, zeigt mir die Räumlichkeiten. Meine nassen Schuhe trockne ich entsprechend einem Tipp von Pilgerinnen mit einem Föhn. Nach einer halben Stunde Gedröhn sind sie tatsächlich so gut wie trocken. Der Pilger in meinem Zimmer guckt mich etwas komisch an. Sicherlich fragt er sich, wieso ich so lange mein spärliches Haar geföhnt habe.

Sockenwunder

Auf meinen Pilgerwegen fange ich die Tage immer recht früh an. Im Sommer ist das wirklich eine gute Idee.

Um sechs Uhr beginne ich den Tag. Meine Nacht war geruhsam in meinem kleinen Einzelzimmer und ich konnte bei offenem Fenster schlafen.
Heute frühstücke ich fürstliches Rührei und komme kurz vor sieben Uhr los. Es ist angenehm frisch, nicht kalt und etwas bewölkt. So ist für mich ein perfektes Pilgerwetter. Ohne zu schwitzen, komme ich an dem Bullen nebst seiner muhenden Großfamilie vorbei, die sich auf dem Weg breit machen, sehr selbstbewusst stehen bleiben. So gibt es als Pilgerfrühsport weitläufigen Kuhslalom.

Auf dem Weg wartet eine nächste Begebenheit auf mich: Da liegt ein Paar Socken, mittels Klammer beisammen gehalten, direkt vor meinen Füßen auf dem Weg. Wahrscheinlich hat sie jemand zum Trocknen am Rucksack befestigt. Und nun sind sie verloren, die armen Socken. Kurzentschlossen nehme ich sie mit auf die Reise, denn sie sehen noch frisch aus.

Nach wenigen Minuten nähere ich mich einer Pilgerin. Ich zeige ihr die Socken, sie schüttelt ihren Kopf. Nein, das sind nicht ihre Socken. Tatsächlich gehören die Socken der zweiten Pilgerin, die ich etwas später treffe. Sie freut sich sehr, denn es sind ihre Lieblingssocken. Bisher hatte es die Pilgerin noch nicht gemerkt, dass die Socken nicht mehr am Rucksack hangen. Ich pilgere von einer leichten Last befreit über die festgetretenen Weiden weiter zum Örtchen Aubrac. Kurz vor neun Uhr erreiche ich den Ort. Das Wetter ist freundlich und klar. Nun kann ich dieses Mal dem Weg weiter folgen. Vor drei Jahren gab es Regen und Nebel und ich war lieber auf der Straße nach Saint Chely d'Aubrac geblieben.

Der Weg die Berge hinab ist wunderschön und auch ziemlich anstrengend. Es geht zum Teil steil bergab. Ich passe mächtig auf und komme heil hinab ins Tal.

Am örtlichen Markt mache ich eine Pause und treffe hier andere Pilger. Nun geht es auf in den zweiten Teil meines Tages. Bis Lestrade, wo ich 2017 übernachtete, ist der Weg auch recht moderat und leichtfüßig. Aber dann wird es wieder bergig und anstrengend.

Ich kämpfe mich die Berge hoch und runter und dann nochmal steil hoch, bis zu einem spendablen Wasserhahn. Kühles Wasser ist immer gut. In weiser Voraussicht tränke ich mein Kopftuch und halte so meinen Kopf wohltemperiert.

Inzwischen ist der Himmel wolkenlos und die Temperaturen sind gestiegen. Da kommt dann doch ein rettendes Café mit einer Doping-Cola genau richtig für mich. Im Tal ist Saint-Combe-d'Olt schon zu sehen.

Die restlichen drei Kilometer sind dann gut zu pilgern. Geschafft komme ich im kleinen Ort mit der verdrehten Kirchturmspitze auf der Kirche an. Ich gehe erstmal kreuz und quer durch den überschaubaren Ort, bis ich in einer Gasse meine Gite finde. Der Hospitaliero begrüßt mich vor dem Haus und erklärt mir das derzeitige Prozedere in der Gite, um die Corona-Bestimmungen einzuhalten.

Er hilft mir später bei der Quartiersuche per Telefon. Das ist heute recht schwer, vieles ist geschlossen oder ausgebucht. Letztendlich findet er was für mich auf einem Zeltplatz, noch drei Kilometer vor Golinhac, wo ich eigentlich hinwollte.

D 100
ESTAING

Köstliches Wasser

Mein heutiges Pilgerquartier ist wirklich sympathisch. Durch Corona ist jedes zweite Bett mit rotweißem Markierungsband abgesperrt. Eine Maske müssen wir nur tragen, wenn wir in Bewegung sind. In meinem Zimmer ist noch ein französisches Pärchen einquartiert. Sie leben in Paris und er produziert Ultraleichtrucksäcke in einer Art Manufaktur. Später zeigt er seine Rucksäcke, die sehen super aus.

Der folgende Abend mit den zwei Pilgern aus Paris und den Hospitalieras Sabine und Sylvain ist wunderbar. Ihr Essen ist sehr lecker. Wir haben anregende Gespräche. Die beiden waren selbst schon auf dem Jakobsweg in Frankreich und Spanien unterwegs. Ihre Gite haben sie liebevoll eingerichtet. Sylvain findet meine schwarze Stoffmaske mit dem grinsenden Strichmund witzig. Ich lasse sie ihn da.

Am Morgen bin ich der erste in der Küche, mache mir mein Frühstück aus dem Rucksack. Zu 7 Uhr bin ich zurück auf dem Weg. Ein bewölkter Vormittag führt mich zuerst am Lotentlang, dann an der persischen Kirche vorbei nach Espalion.

Auch hier ist es noch alles sehr gemächlich, denn es ist immer noch früher Morgen. Im Bäckerladen will man nicht, dass ich mein geliebtes Pain au chocolat im Schaufenster fotografiere. So kaufe ich eins und fotografiere es neben dem Laden.

Auf dem Weg Richtung Estaing treffe ich auch wieder andere Pilger. Ich habe den Weg gar nicht so langgestreckt und anstrengend in Erinnerung. Ein verflucht wunderbarer Aufstieg ist auch dabei. Der will gar nicht enden. Zum Glück ist es noch bewölkt. Und viele Straßenstücke sind dabei zu begehen. Die sind auf meinen Fotos von 2017 nicht dabei.

Die folgenden Stunden sind gewürzt mit Kurzregen. Dann kommt endlich hinter einer Straßenbiegung, zwischen den Bäumen, der Ort Estaing in Sicht. Ich brauche eine Pause, will mich hinsetzen und ausruhen. Trinken. Die Beine hochlagern. Das tut so unendlich gut. Nach einer kleinen Unendlichkeit rappele ich mich auf. Ich muss ja weiter. An den folgenden Aufstieg habe ich ungute Erinnerungen. Beim letzten Mal empfand ich es sehr anstrengend. Natürlich: Die Erinnerungen bestätigten sich nicht, der Aufstieg ist gut für mich zu bewältigen.

Nur die Sonne ist wieder unverschämt und direkt in Aktion, sie dörrt mich regelrecht aus. Mein Wasservorrat verdunstet in meiner Kehle. Es sind noch 800 Meter bis zum nächsten Wasserhahn. Ich zähle Schritte. Es sind 900 Meter. Vielleicht habe ich mich verzählt, aber ich will nicht zurück gehen und nochmal zählen.

Der Wasserhahn ist gottlob in Betrieb und das Wasser ist einfach köstlich, das beste der Welt. Gefüllt und erfrischt spaziere ich weiter. Und dann steht da ein Schild, das meine Unterkunft ankündigt - es sind nur noch wenige Kilometer. Mit fast vollen Wasserflaschen komme ich an. Der Zeltplatz ist klitzeklein und niemand ist zu sehen. So setze ich mich in den Schatten und beobachte die Bewegung der rostigen Schaukeln im Wind, bis ein zweiter Pilger eintrifft.

Ich rufe an und fünf Minuten später trifft der Eigentümer ein. Er bringt uns zu unseren Campinghäusern. Ein gutes Teil ... mit Wohnküche und Schlafraum. Natürlich koche ich, ich habe noch Quinoa im Rucksack. Lecker.

Ich bin satt und zufrieden, die Wäsche tanzt im Wind und ich denke schon an morgen.

Conques

Ich verlasse nach einer ruhigen und erholsamen Nacht am frühen Morgen meine Unterkunft auf dem Zeltplatz, pilgere über kleine Straßen zurück zum Weg Nummer 65. Das spart mir den Weg über Golinhac und drei Kilometer Strecke. Ganz allein bin ich die ersten zehn Kilometer des Tages unterwegs.

Kaum bin ich auf der Podiensis zurück, sind wieder Pilger um mich. Ich treffe einen netten Franzosen und gehe mit ihm im Gespräch vertieft, zusammen bis Espeyrac, wo ich mir die Kirche anschaue und er weiter geht. Den kleinen Laden mit der lustigen Uhr, wo ich 2017 mit Kai Peter Kaffee trank, gibt es nicht mehr.
Bald komme ich nach Senergues, dem Örtchen, der im Film "Pilgern auf Französisch" zu sehen ist. Dort las Rami, der eigentlich nicht lesen konnte, plötzlich die Fußball Ergebnisse am Aushang eines Zeitungsladen vor. Gleich hinter dem Ort finde ich einen Pilgerrastplatz, dort bleibe ich länger. Es gibt eine super Toilette, kühles Wasser und einen Tisch. So kühle ich mich herunter für die letzten Kilometer bis Conques. Die Sonne steht hoch und es wird ziemlich warm. Ich pilgere viel auf Straßen entlang.

Dann bin ich schon am steilen und schattigen Abstieg nach Conques. Er bringt mich ins Stolpern. Mein Wanderstock rettet mich wieder mal.

Am frühen Nachmittag komme ich in Conques an, fühle mich wie ein Zeitreisender, der ins Mittelalter zurückgereist ist. Diesmal kann ich in der Klosterherberge Sainte Foy unterkommen. Nette Hospitalieras kümmern sich um alles. Ich dusche mich neuzeitlich und wasche meine Sachen. Das Paar Strümpfe Nr. 1 hat seinen Dienst getan und landet in der Tonne. Ich brauche sie nicht zu waschen. Glückspilz.

Es ist noch Zeit für einen Spaziergang durch Conques. Ich besuche die kleine Kapelle am Rande der Treppe und schlendere durch den Ort.

Auf dem Platz vor der Kathedrale treffe ich Pilger wieder und schwitze im heißen Sommerwetter. Vor dem Tourist-Office gibt es Internet, da bleibe ich hängen und tauche ins Internet ein. Das beeindruckende Örtchen mit dem Kloster in der Mitte liegt in den Berghängen. Im Tal hat sich der Fluss Lot seinen Weg gesucht. Mönche gründeten diese Abtei.

Ringsherum entstand ein mittelalterlicher Ort. Im 11. Jahrhundert entwickelte sich das Kloster in Conques zu einer wichtigen Station auf dem Jakobsweg. Schon der erste Pilgerführer empfahl den Jakobspilgern, den Weg über Conques zu pilgern und im Kloster Station zu machen.

Heute Morgen und auf dem Weg dachte ich viel an eine Pilgerfreundin. Mich erreichte die Nachricht, dass es ihr nicht gut geht, scheiß Krebs. Als Nichtchrist sang ich für sie in einer kleinen Dorfkirche, betete, obwohl ich gar nicht wusste, wie man das macht. Es zerriss mir das Hirn. Ich dachte an sie und sendete ihr alle Kraft und guten Gedanken, die ich hatte.

Am Abend habe ich noch meinen "großen" Auftritt in der Kathedrale von Conques. Beim Abendessen davor sprach mich einer der Brüder an, als er mitbekam, dass ich aus Deutschland kam. Ich war wohl der einzige deutsche Pilger an diesem Tag. So darf ich vier Sätze vom Rednerpult in der Kathedrale verlesen. Das Abendessen vorher war übrigens vorzüglich. Es gab Kichererbsensalat, Kohlroulade mit Bratkartoffeln und einen leckeren Nachtisch.

Die Stadt in den Wolken

Am siebenten Tag erreiche ich die Stadt in den Wolken. Lauzerte liegt auf einem Hügel, inmitten der sanften Landschaft. Die Wolken sind natürlich über der Stadt. Der Weg führt oft hinauf und später dann wieder hinab, eine ganz einfache Pilgerlogik.

Ich drehe zurück auf das Erwachen am Morgen. In der Küche hat die liebenswerte Hospitaliera eine Pfanne nebst Ei zurechtgelegt. So gibt es für mich ein gutes Frühstück.

Gegen 7.30 Uhr starte ich in eine wunderbare Landschaft. Der dichte Morgennebel gibt recht schnell nach und zeigt mir den Aufstieg in den Tag. Etwas Sonne scheint und beleuchtet ein Sonnenblumenfeld, das gerade am Erwachen ist. Der Regen hat sich in der Nacht ausgetobt und der Tag beginnt trocken. Nur die Wiese hat in ihren Halmen Tropfen gespeichert, die sich hungrig auf meine Schuhe stürzen.

Ich durchquere Montcuq. Hier hatte ich vor vier Jahren in einer gemütlichen Herberge übernachtet. Heute spaziere ich nur durch den Ort, der sich verändert zeigt.

Den kleinen Lebensmittelladen am Rande der Altstadt gibt es nicht mehr. Lokale Lebensmittel sind jetzt angesagt, neue und moderne Läden präsentieren sie, sie sind recht teuer.

Auf der breiten Dorfstraße gibt es einen Markt. Hier kann ich eine einzelne Gurke kaufen. In den Supermärkten gibt es oft nur verpackte Waren und dann in Kiloabpackungen.

Vor der Kirche treffe ich meine Pilgerbekanntschaften. Die Gespräche mit ihnen mischen sich mit meinem Kaffee double.

Weiter geht es per Aufstieg aus dem Ort. Der Weg verwandelt sich in einen Dschungelpfad. Zweimal muss ich im Entengang tiefhängende Büsche unterqueren. Meine Knie jauchzen frohlockend. Der Dschungel endet an einem Tischchen mit Tee und Keksen, sehr passend. Ich kann sitzen und mit der Pilgerin Veronike schwatzen. Veronike ist Lehrerin in einer 6. Klasse und pilgert jedes Jahr zwei Wochen. In dieser Zeit passt der Vater auf ihre Kinder auf.

Plötzlich gibt es extra Schilder am Weg, sichtlich eine Umleitung. Brav folge ich dieser, denn Umwege sind auch Wege.

Etwas Straße folgt, dann ein Wiesenweg, der meine Schuhe säubert. In Rouillac ist alles wieder normal geleitet.

Der Kirchturm über den jungen Sonnenblumenfeldern kommt mir bekannt vor. In Montlauzun biege ich noch vom Weg ab, spaziere in den Ort hoch zur Kirche. Mittagspause ist angesagt. In der Nähe von Kirchen gibt es oft einen Wasserhahn. Und ein Klo gibt es hier auch, sogar mit Brille und Deckel. Krass.

Hinter dem Örtchen wartet noch ein Dschungelpfad auf mich und ein Abstiegs-Treppchen. Dann ist Lauzerte auf dem Hügel zu sehen. Da also muss ich noch hinauf. Erstmal besuche ich den Supermarkt, der vor dem Aufstieg, ganz unten an der Straße liegt. Ich kann noch 6 Euro Resttagesbudget umsetzen.

Der Hügel, da ist er. Eigentlich ein Berg - zumindest für Brandenburger. Es gibt zwar keine Basiscamps, aber ich schaffe diesen Berg trotzdem, brauche nur drei Verschnaufpausen. Oben im Örtchen finde ich gut zur Gite, die direkt am Weg abwärts liegt, an der Passage du pélerin. Meine Pilgerbekanntschaften sind auch hier untergekommen. So gibt es gute Gespräche und Spaß und Austausch.

Steinerne Katzen

Ich spaziere im lauen Abendwind durch das kleine Örtchen La Romieu mit der berühmten Ruine der Stiftskirche. Hier hat die Französische Revolution heftig gewirkt. Der dabei beschädigte Kreuzgang ist vielleicht deshalb so wunderschön. Im Dorf entdecke ich viele steinerne Katzen und will nun wissen, was es damit auf sich hat.

Es gab da im 14. Jahrhundert ein Mädchen namens Angeline. Ihre Eltern verstarben bei einem Unfall und sie wuchs bei einer Nachbarin auf. Angeline war den Katzen im Dorf sehr zugetan. Immer waren Katzen um sie herum, begleiteten sie bei ihren Beschäftigungen, schliefen in ihrem Bett, aßen mit ihr. Dann herrschte wohl eine Hungersnot und die Leute im Dorf ... ja, sie schlachteten ihre Katzen. Angeline durfte sich mit einem Kater und einer Katze vor den Leuten auf dem Dachboden verstecken. In Romieu, wo es keine Katzen mehr gab, breiteten sich nun Ratten aus. Sie bedrohten die Ernte und so kam auf La Romieu die nächste schwierige Zeit zu. Angeline hatte inzwischen 20 Katzen auf dem Dachboden versteckt. Sie erzählte von den Katzen, lies sie aus dem Versteck heraus

Die Rattenplage wurde beendet und die Dorfbewohner waren darüber sehr dankbar. Und Angeline? Sie soll mit der Zeit immer mehr einer Katze ähnlich geworden sein, ihre Ohren sahen wie Katzenohren aus. Vielleicht kam auch ab und zu ein Miau über ihre Lippen.

Eine Bildhauerin aus Orleons hörte in der jetzigen Zeit von der Legende und schuf die Katzenskulpturen im Ort.

Nach den 30 Kilometern heute genieße ich den schattigen Abend und sehe tatsächlich eine lebendige Katze durch La Romieu streifen. Im kleinen Pilgerrefugio bin ich zusammen mit fünf Pilgern untergekommen. Es ist wirklich klein, aber alles ist da, was man braucht.

Heute Morgen startete ich gegen 7 Uhr in Castet, der Morgen war klar und angenehm kühl. Nur die Wiesenwege waren sehr feucht und funktionierten wie Schuhwaschanlagen. Ich traf auf dem Weg nach Lectoure Alex und Nathalie, zwei kontaktfreudige französische Pilger. Wir schwatzten munter und bekamen so den Anstieg in die Stadt fast nicht mit. Die Kirche von Lectoure winkte uns schon von weitem zu. Nur dauerte es noch, ehe wir wirklich vor ihr standen.

Es gab neben der Kathedrale einen kleinen Markt mit köstlichen Nektarinen und nicht weit entfernt ein Café mit Schattenplätzen. Die Wirtin war zwar alles andere als freundlich, ihr Kaffee dafür schon. Weiter ging ich allein, da meine Pilgerkameraden ein ganz schönes Tempo vorlegten. Der Nachmittag wurde heiß. Mehrere Wegabschnitte waren baumlos - ich fühlte mich wie wanderndes Dörrobst, freute mich über jedes Lüftchen, was mich umwehte. In Marsolan gab es frisches Wasser an der Kirche und gleich um die Ecke eine Art Gasthaus, was auch Poststelle und Lädchen war. Ein perfekter Platz für eine Pause - und ich traf auch Alex und Nathalie im Schatten der Kirche wieder.

Noch zehn Kilometer bis La Romieu. Nathalie pilgerte weiter geradeaus, Alex und ich bogen rechts ab nach Romieu. Wie immer auf der Zielgeraden gab es noch langwierige Aufstiege. Dann kamen endlich die Obstplantagen und hinter einer Ecke die mächtigen Türme der Stiftskirche. Sonntags hatte der Laden natürlich zu, ich bekam in einem Restaurant eine Zwiebel geschenkt und verwandelte diese nebst einer Aprikose und Tomatenmark und Pastaresten im Refugio in ein köstliches Abendmahl.

Der Pilgerzug

Der Morgen ist nebelig wie die letzten Tage und so folge ich aufmerksam den Markierungen. Ich will ja nicht vom Weg abkommen. Aber bald klart es auf und ich pilgere mit guter Sicht auf Straßen, Wegen und oft auf Pfaden durch Weinberge.

In Elenas Gite, die eine kleine Bar in Sichtweite des Weges hat, trinke ich einen leckeren Kaffee. Es ist jetzt angenehm warm.

Dann komme ich nahe der Kirche am 1000 km Stein vorbei, es geht jetzt also in den dreistelligen Bereich. Bis Santiago sind es nur noch 999 Kilometer.

Der Weg führt mich auf einer geraden Strecke entlang. Bäume stehen auf beiden Seiten und bilden ein schattiges Blätterdach. Als ich dann auf der rechten Seite zwischen den Bäumen ein ehemaliges Bahnhofsgebäude sehe, erkenne ich: Mein Weg war früher eine Bahnlinie. Ich gehe also über eine ehemalige Zugstrecke.

Die Bäume auf beiden Seiten rauschen plötzlich und ihre Wipfel bewegen sich, als ob sie der Sog eines vorbeifahrenden Zuges mitzieht.

"Das waren wir", flüstern mir die Bäume zu. "Wir erinnern uns daran, wie es war, als hier noch Züge lang fuhren. Darin sahen wir nur für einen Moment die Köpfe der Menschen." Wieder bewegen sie ihre Kronen und mir ist, als wenn hinter mir eine Lok schnauft. Eine alte Eiche fragt: "Willst du auch nach Santiago? Die Pilger, die jetzt hier entlangkommen, wollen alle in diese Stadt nach Spanien." Ich nicke und von der anderen Seite fragt eine andere Eiche: "Wie ist es dort in Santiago? Gibt es dort auch Eichen?" Eine Eichel fällt vor meine Füße. "Das ist mein Kind, nimm es mit nach Santiago!", flüstert die gleiche Eiche weiter.

Von allen Seiten höre ich weitere Eichen Ähnliches sagen und Eicheln fallen herab. "Stopp", sage ich, "das geht nicht, die kann ich nicht alle tragen".

Ich hebe schnell die eine Eichel auf und gehe weiter. Hinter mir fallen weitere Eicheln herab und das Flüstern der Bäume klingt von weitem wie Rauschen.

So ziehe ich schnell weiter im Zug der Pilger, geradeaus und mit einer Eichel in der Hosentasche.

Es rattert nicht mehr und keine Lokomotive schnauft - dafür schwitzen, stampfen und ächzen jetzt wir auf dem Weg unter dem Blätterdach. Mein "Zug" bringt mich bis nach Eauze, direkt vor einen Supermarkt.

Ich laufe in die Stadt hinein, schaue in die Kathedrale. Auf einer Bank in ihrem Schatten pausiere ich, es warten noch rund 14 Kilometer auf mich. In Sichtweite öffnet gerade eine Pilgerherberge, die Pilger verschwinden in ihr.

Inzwischen ist es heiß geworden. Ich nutze jede schattige Stelle, freue mich über das gekühlte Wasser, das es bei einem Hof gibt.

Irgendwann erreiche ich Manciet. Von hier ist es nicht mehr weit zu meiner Gite. Die ist in einem einzelnen Gehöft, es ist der Hof Haget.

Über einen Feldweg gelange ich dort hin. Es ist ein sympathischer Platz. Alles ist angenehm und gemütlich eingerichtet. Ich bin allein in einem 5-Bettzimmer. Ein zweiter Pilger kommt gegen Abend an und hat das andere Zimmer für sich.

In der kleinen Küche im Nebengebäude kann ich mir etwas kochen.

Flüssiger Sonnenschein

Die Via Podiensis ist eigentlich ein guter und interessanter Weg. Gerade finde ich nichts so richtig gut, denn mir brennen die Fußsohlen von den vielen Straßenabschnitten der letzten Tage.

Heute wird mich mein Weg von La Romieu über Condom bis kurz vor Montreal du Gers führen. Dort will ich zur ländlichen Gite Lassere de Haut. Und mit dem Abstecher zum Örtchen Larressingle habe ich mir wieder knapp 30 Kilometer organisiert. Es geht mir und meinen Füßen doch gut. OK, bis auf die Fußsohlen.

Zu Tagesbeginn zeigt sich der Himmel verhangen. Vernieselt starte ich in den kühlen Morgen in Romieu. Es folgen Straßenwege bis zum Ort mit dem lustigen Namen Condom. Meine Schuhe vibrieren. Das nasse Gras hält mich geschmeidig. Ich taumele im Auf und Ab des Lebens, des Pilgerlebens. Eigentlich ist heute auch richtiger Regen angesagt. Kurz bevor ich das Stadtzentrum von Condom erreiche, erfüllt sich die Prognose. Für rund vierzig Minuten öffnet der Himmel alle Schleusen.

Es wird ziemlich nass. Eine liebe Pilgerfreundin nennt Regen immer flüssigen Sonnenschein.

Ich schlüpfe schnell unter das rettende Dach des Supermarktes, der am Stadtrand liegt. Der Sonnenfluss prasselt auf das Vordach. Da kann ich mal wieder meine Kauflust stillen. Das bringt mir rund zwei Kilogramm mehr Gewicht für den Rucksack - verrückt, eben Martin, also ich.

Der Regen scheint davon beeindruckt zu sein und verzieht sich. In Condom besuche ich dann die Kathedrale, ein nächster Regenschauer gibt mir diesen Tipp. Kurz vor dem Weg aus Condom heraus, treibt mich ein weiterer Guss in ein kleines Café. Der Regen bestimmt heute meinen Pilgerablauf beträchtlich. Unter dem Poncho buckele ich weiter bis zum Abzweig oder Umweg über Larressingle, ein irgendwie merkwürdig klingender Ortsname.

In Condom habe ich einen Fehler gemacht, in feuchtfröhlicher Stimmung zu einer Mitpilgerin gesagt, dass ich das Örtchen besuchen werde, wenn es nicht regnet. Und nun ist der Regen gerade aus. Ich wanke hin und her. Soll ich dorthin gehen, oder pilgere ich einfach weiter?

Der Mitpilgerin kann ich ja sagen, dass es geregnet hat. Ich stehe mutterseelenallein am Abzweig. Natürlich kommt niemand anderes, der mir Ratschläge erteilen kann. Also muss ich selbst entscheiden und gehe den Umweg.

Hinter sieben Kurven und zwei Aufstiegen finde ich einen klitzekleinen mittelalterlichen Ort innerhalb einer Mauer, der touristisch aufgepeppt ist. Er ist durchaus ansehenswert. Vier andere Touristen sind hier auf gerade zuwege. Irgendwo in einer Gasse wird neuzeitliches Eis angeboten. Ich kaufe das Eis und schlecke es weg. Damit hat sich der Umweg schon mal gelohnt. Dann folge ich der Straße zurück zum GR 65. Ich bin bald wieder auf dem richtigen Weg. Er zieht sich hin, es geht auf und ab. Von der Seite weht der Wind. Der Weg wird steinig und führt weiter auf und ab.

Am Wegesrand liegt ein einsames Gehöft. Nein, das ist nicht die Gite. Ich pilgere weiter. Ein Haus ist links zu sehen. Es hat auch kein Schild. Der Weg hält mich fest, will nicht enden. Ich schreite. Die Straße schlängelt mich. Dann sehe ich noch ein Haus. Eine Muschel hängt an einem Pfahl und klappert im Wind. Endlich habe ich die Gite erreicht.

EAUZE
MANCIET
NOGARO
ARBLADE

Manciet

Mein heutiger Pilgertag beginnt mit vielen kleinen Regenschauern. Der neue orangene Poncho macht sich wirklich gut. Sein Reißverschluss an der Vorderseite gestaltet das Überwerfen für mich recht einfach.

Davor hatte ich einen Poncho, in den ich hineinschlüpfen musste. Bei Wind im freien Gelände war das immer ein schwieriges Unterfangen. Das brauchte Geduld und Ausdauer, ehe ich den Eingang in den Poncho fand. Manchmal war der Regen schon längst wieder vorbei, bevor ich es ins Innere geschafft hatte.

Auf dem lang gestreckten Weg nach Eauze treffe ich heute drei Pilger. Sie leuchten schon von weitem, denn sie tragen denselben orangenen Poncho. Wir lachen uns fröhlich an und fühlen uns als Teil der großen Decathlon Familie.

Nach fünfzehn Kilometern erreiche ich eine sympathische Bar, die an einer kleinen Gite klebt. Mein Poncho und ich, wir tropfen uns bei dieser Gelegenheit unter einem Vordach ab. Ein paar Pilger sitzen mit mir hier. Wir trinken Kaffee und schwatzen ein wenig über unsere Erlebnisse und Eindrücke vom Weg.

Beim Weitergehen ist mir gleich klar, das der nächste Regen gewiss kommt. Der Himmel mit den schwarzen Wolken spricht eine klare Sprache.

Er erwischt mich, als ich auf der stillgelegten Bahnlinie die Pfützen im Slalom nehme. Unter den alten Eichen wispert plötzlich eine Stimme. Die leicht gebeugte Eiche am linken Rand erkennt mich wohl. Sie gab mir vor ein paar Jahren eine Eichel mit auf meinem long way. Sie will wissen, was aus ihr geworden ist, fragt weiter, ob ich sie auch eingepflanzt habe. Vor vier Jahren, als ich hier lang kam, hatten mich die Eichen mit Eicheln beworfen. Eine nahm ich mit und versprach sie in Spanien einzupflanzen. Ich erzähle der alten Eiche, dass ich die Eichel in Finisterra eingegraben habe. Sie wiegt zufrieden ihre Krone und zusätzliche Regentropfen tropfen auf mich hinab. Der unsichtbare Zug mit mir als einzigen Fahrgast fährt weiter und hält in Eauze. Hier ist Endstation des Geisterzuges, nicht für mich. In zwölf Kilometern wartet ein Bett in der Gite auf mich.

Ein nächster Regenschauer lässt mich in den nahen Supermarkt flüchten. Das ist praktisch, so kann ich meinen Rucksack auffüllen.

Ich pausiere auf der nassen Bank im Zentrum von Eauze, denn gerade pausiert auch der Regen.

Dann hat mich der Weg wieder und ich schwimme regelrecht durch das regenvolle Frankreich meinem Ziel entgegen. Bei stärkeren Regen-Attacken gehe ich auf Tuchfühlung mit den Rinden der Bäume, suche Schutz. Das bringt nicht wirklich was, aber es vermittelt mir den Eindruck, dass ich unterstehe.

Die Fischteiche kommen, ich erinnere mich, dass der nächste Ort weiter oben liegt. Und richtig, zum Tagesziel Manciet geht es hoch hinauf. Im Ort ist die kleine Gite gleich hinter der lustigen Fußgängerbrücke über die Straße.

Die Hospitaliera kommt aus dem Elsass und spricht Deutsch mit mir. Später erzählt sie mir vom örtlichen Weinhändler, der Pilger zu einem kostenlosen Schlückchen einlädt. Das überzeugt mich und ich bekomme sogar drei Gläschen spendiert.

Der Abend in der Gite ist gemütlich, die Hospitaliera hat gut gekocht und wir fünf Pilger fühlen uns wohl.

Gefangen im ewigen Mais

Das mit dem ewigen Mais ist natürlich maislos übertrieben ... aber auch heute gibt es wieder viele Maisfelder rechts und links der Podiensis. Es gibt auch Wälder, Wiesen, Dörfchen und Straßen - von allem etwas und so recht optimal. Heute geht es von Larreule über Pomps und Arthez de-Bern bis zur Gite Arret et Aller bei Argagnon. Das sind rund 26 Kilometer.

In Pomps, nach 9 Kilometern, schlendere ich zum Dorfladen, der in der Nähe der Gite communal lag. Vor 4 Jahren gab es den noch nicht. Ein mopsähnliches Hündchen bebellt mich vor dem Laden ziemlich energisch. Er dient damit wohl als Bellzeichen für sein Frauchen, dass Kundschaft vor der Tür steht. Sie kommt sogleich herbeigeeilt. Der Mops hat den merkwürdigen Namen Krokette. Die Besitzerin des Ladens kocht mir einen guten Kaffee und ihr Hund Krokette stürzt sich derweil auf die fünfköpfige Pilgerfamilie, die gerade eintrifft.

Bis kurz vor 12 Uhr ist es bewölkt. Wie vorausgesagt, verziehen sich dann wie auf Kommando die grauen Wolken und die Sonne zieht ihre Bahn und schaut auf mein rotes Tuch.

Im Örtchen Arthez de-Bearn gibt es einen kleinen Markt auf dem Platz vor der Kirche, mit Käse aus der Region und einem Weinstand. Alex ist auch schon hier und wir probieren uns an den Weinständen durch, bis der Marktplatz lustigerweise hin und her tanzt. Jedenfalls finden wir eine offene Boulangerie. Mit einem gekauften Brot picknicken auf dem schattigen Platz mit dem Springbrunnen.

Arthez zeigt nicht nur einen weitläufigen PYRENÄEN-Ausblick, das Örtchen ist sympathisch anzusehen, mit freundlichen Häuschen undhellblauen Fensterläden.

Die Sonne rollt goldgelb am blauen Himmel entlang, als ich den Weg weiter pilgere. Es wird warm und es ist gut auszuhalten. Ab und zu geht es auf schattigen Wegen und Straßen weiter zu unserer Unterkunft.

Die Gite wird von zwei old Englisch Ladies betreut. Sie erzählen, dass sie sich dieses Haus gekauft haben und hier ihren Lebensabend verbringen wollen. Auf dem Hof läuft ein uraltes und unglaublich massiges Hängebauchschwein umher, zwei Hunde tollen herum und im Garten nebenan tummeln sich Hühner und Gänse.

Ich bin mit meinem Pilgerkameraden Alex hier in der kleinen Gite allein.

Wir haben ein gemütliches Zweibettzimmer mit gefülltem Kühlschrank. Auf der Kommode steht eine gläserne Schale mit Bonbons, wie früher bei meiner Oma. Das Haus ist ein sehr angenehmer Ort, auch wenn der angepriesene Pool ohne Wasser ist.

Nun liege ich auf meinem gemütlichen Bett, bin rundum gepflegt und entspannt und werde sehen, was der Tag noch für uns bringt. Die Wäsche ist gewaschen und hängt schon auf der Leine. Jetzt muss sie nur noch trocknen.

Alex kramt seinen, auf dem Markt gekauften, schwarzgebrannten Armagnac hervor. Wir wollen ihn kosten. Er schmeckt einfach grässlich. Das finden wir beide und trinken gleich noch einen.

Dann schlummere ich ein wenig ein und werde irgendwann durch ein massives Röcheln aufgeweckt. Ich schaue besorgt zu Alex, nein, er liegt ganz still da. Das nächste Röcheln bringt mich zum Fenster. Unter dem Hofbaum steht das Schwein an einem Baum gelehnt und röchelt so laut.

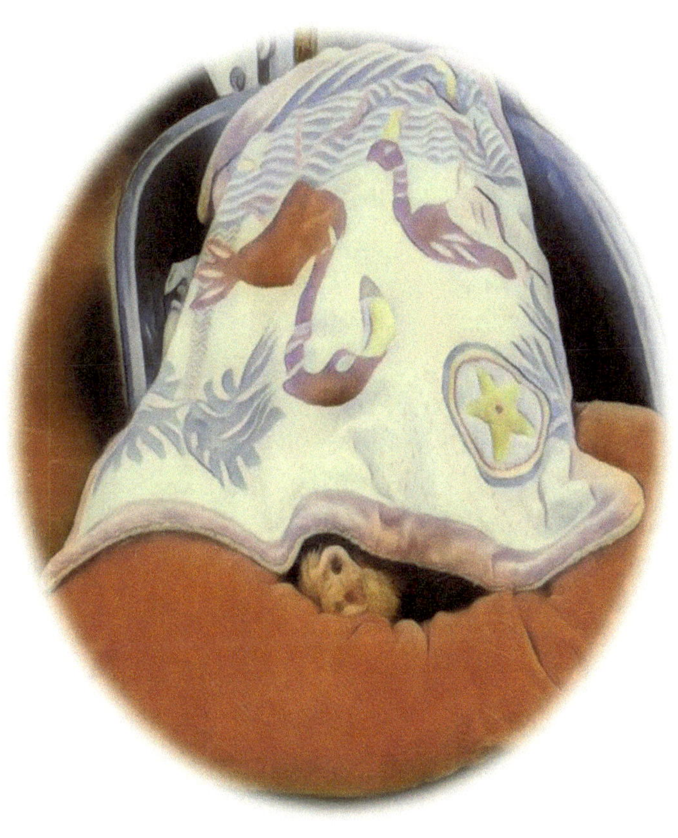

Das Schwein in der Küche

Heute zum Frühstück haben wir aber richtig Schwein gehabt. Das mächtige Hängebauchschwein der Gite Arret de Aller liegt unter einer Decke im Korb in der Küche und beschnarcht liebevoll unser Frühstück. Nur der rosa Rüssel ragt unter einer bunten Decke hervor. Das ist kurios und beeindruckend. Unsere Essgeräusche scheinen das Schwein nicht zu stören, es reagiert nicht darauf.

Das Schwein erwacht auch nicht, als wir uns auf die Socken machen. Bis nach Maslacq ist es nur ein Rucksackwurf, davor gibt es gleich drei Brücken, zuerst über die Zuglinie, dann über den Fluss und letztendlich auch noch über die Autobahn. Vielleicht ist die Reihenfolge auch anders.

Der Morgen ist satt mit Luftfeuchtigkeit, alles wirkt irgendwie leicht besprüht und angefeuchtet. Nach Maslacq geht es raus in die französische Natur. Der Fluss rauscht noch einmal verlockend von links, bis uns der Weg in die beliebte Höhe führt. Zum Glück ist heute der Vormittag total bewölkt, im Prinzip perfektes Pilgerwetter.

Unser nächster Stopp ist das ehemalige Zisterzienserkloster Abbaye de Saufelade. In der Kirche gibt es an der Kuppel Filmsequenzen zur Geschichte des Klosters. Das wirkt etwas skurril.

Die nächste Bar hat offen und so gibt es Kaffee im Kreise meiner Pilgerleute. Der Weg danach wird jedenfalls sonnig. Meist geht es auf kleinen Sträßchen durch die waldige Gegend.

Ich treffe an der einzigen Sitzgelegenheit auf vier andere Pilger, die gerade an einem Baguette knabbern. Sie rücken solidarisch zusammen und wir quetschen uns dazu, krümeln uns neue Kräfte zu Munde.

Bis nach Navarrenx sind es noch rund fünf Kilometer, Schritt für Schritt sind sie gut machbar. Navarrenx ist ein kleines pittoreskes Örtchen mit einer teilweise begehbaren Stadtmauer ringsherum. Im Zentrum, an der Bar, strömen die Pilger zusammen, ich treffe auch bekannte Pilger wieder, die mir vor sechs Tagen das letzte Mal über den Weg liefen. Pausenmusik: Französisches Stimmengewirr. Deutsches Schweigen. Kühles Bier. Englische Verständigung.

Die Gite L'Alchimiste liegt um die Ecke und wartet schon. Wir Pilgerleutchen brauchen heute nicht mit Hand zu waschen. Die Waschmaschine wäscht die Sachen für alle. Klasse.

Es gibt von der Gite lustige kleine Spruchkarten, darunter die mit dem Spruch "Vorsicht Caminovirus". Das stimmt, hat man sich erstmal infiziert, kommt man vom Pilgern nicht mehr los.

Nun sitze ich sauber und ausgeruht auf dem Balkon und schaue dem Treiben auf dem grünen Hof zu. Gleich gibt es Essen. Mein Pilgerkamerad Alex liegt tatsächlich in der Sonne.

HUNGER - ich habe jetzt mächtigen Hunger. Auf dem Hof sind die Tische gedeckt und die zwei Hospitalieros bringen auch schon das Essen.

Mir wird bewusst, in drei Tagen erreiche ich Saint Jean Pied de Port. Was mache ich dann?

Ich habe Sehnsucht nach Spanien. Bin mir nicht sicher, ob das eine gute Idee wäre, in der derzeitigen schwierigen Lage in Spanien, weiter zu pilgern. Vamos a ver!

Nicht zu bremsen

Im Haus und auf dem Hof der Gite L'Alchimiste in Navarrenx erlebe ich eine wunderbare Atmosphäre. Die Hospitalieros sind entspannt und freundlich, das Essen gut und enorm und der Rotwein reichlich und lecker. Im Haus gibt es viele lustige und sympathische Details und Kleinigkeiten.

Am gestrigen Abend gab es für mich noch die Möglichkeit in die kleine Hütte im Garten umzuziehen. Die Hütte ist keine ausdrückliche Schnarcherhütte, der Umzug meinerseits hatte damit schon zu tun.

Am Morgen bin ich der erste in der Küche und mache Kaffee. Beim schwungvollen Gang in den Speiseraum geschieht ein Malheur. Ich bin nicht zu bremsen und mein Kopf macht die Bekanntschaft mit der überstehenden Kaminecke. Das Blut läuft mir über das Gesicht, ich greife mir die Servietten. Später, als das Bluten aufgehört hat, säubere ich die Wunde und lasse mir von Alex eine Kompresse aufkleben. Mein Kopf brummt noch etwas, aber im Verlauf des Frühstücks hört es auf.

Und mit meinem kleinen roten Kopftuch sehe ich wie immer aus.

So starte ich mit Alex zusammen in den heutigen Tag. Durch das Tor und über die Brücke geht es in Richtung Lichos. Dann kommt endlich der Wald. Und es beginnt unverhofft eine wahrhaftige Plage. Dutzende von böswilligen Bremsen umzingeln uns und stürzen sich auf unbeachtete Körperstellen. Es ist ein Martyrium. Wir eilen, um uns schlagend, auf Deutsch und Französisch fluchend, durch den heimtückischen Wald. Das sieht für andere sicher komisch aus, wie wir hektisch und fast tänzelnd durch den Wald eilen, auf der Flucht vor dem unbarmherzigen Stechgetier. Die Biester sind überall und nicht zu bremsen. Endlich, ungefähr beim Kilometer 10, kommen wir zu einer Pausenstelle, die bei einer Leberwurstfabrik liegt und die Bremsen sind plötzlich weg. Völlig erschöpft und gepeinigt kommen wir langsam zur Ruhe. Zwei weitere Pilger eilen herumfuchtelnd aus dem Wald.

Die Bar ist ein wenig schäbig, aber uns erscheint sie wie das bremsenfreie Paradies. Die nächste "Plage" sucht uns nun heim. Yves, ein Elsässer, tritt herbei und ist in seinem Redeschwall nicht zu bremsen.

Die nächsten Kilometer begleitet er uns schwätzend mit einer leicht hohen und schrägen Stimmlage. Das wird mir echt zu viel, ich gebe vor, pinkeln zu müssen und lasse Alex unkameradschaftlich allein. Es wird wieder ruhig um mich. In der Ferne sehe ich die beiden vor mir, Yves immerzu gestikulierend in Bewegung. Von meinem long way 2017 war mir im nächsten Ort eine kleine Abkürzung bekannt, die ich nutze.

In Lichos sitze ich dann am Wegkreuz und sehe die verdutzten Gesichter der Pilger, die eigentlich vor mir sind. Yves kommt ohne Alex, also hat er irgendwie auch eine Gelegenheit gehabt, sich abzusetzen. Yves geht grinsend und sprechend vorbei, er hat sich jetzt an die Oma mit den zwei Enkeln ran gehangen. Sie tun mir etwas leid. Als Alex kommt, pilgern wir zusammen weiter, wir wollen in Aroue pausieren, einem Örtchen, das 500 Meter abseits des Weges liegt. Im Ort ist nichts, aber es gibt Wasser neben der Kirche und ein Bushäuschen. Dort machen wir Picknick. Inzwischen ist der bewölkte Himmel nicht mehr bewölkt und die Sonne legt los. So haben wir noch zwei hitzige Kilometer bis zur Donativoherberge Landaco. Das Ankommen dort ist sehr freundlich und locker.

Salam Aleikum

Die Nacht im Pilgerparadies wird sehr geruhsam. Nach dem schönen Pilgerabend zu fünfzehnt mit einem leckeren Essen, schlüpften wir Pilger alle recht satt und zufrieden ins Bett.

Das Frühstück am nächsten Morgen ist liebevoll zubereitet und meine Kopfwunde wird frisch versorgt und bepflastert.

Der Pilgertag meint es gut mit mir. Der Vormittag zeigt sich bewölkt und frisch, es ist angenehm zu ertragen. Und: Keine Bremsen weit und breit. Zuerst geht es natürlich durch den nebligen Morgen los Richtung der Stehle von Gibraltar. Immer wieder treffe ich Pilger auf den Wegen, so auch am Wasserhahn in Larribarre. Oft sehe ich die Großmutter mit ihren zwei Enkeln. Die sind gut unterwegs und die Kinder scheinen mit ihrem Pilgerleben zufrieden zu sein. Bis zur Stehle ist es nicht mehr weit. Plötzlich laufen singende Scouts in Begleitung vollverschleierter Mönche um uns herum. Sie ziehen im Marschschritt hoch zur kleinen Kapelle de Soyartz. Ein wenig militärisch wirkt ihr Auftreten.

Bei der Kapelle hat sich bereits eine Schafherde um die schattigen Bäume gedrängelt. Ihre Köpfe sieht man nicht, sie sind zur Erde geneigt. Die Situation wird skurril, die singenden Scouts mit Fahne und zwei Mönchen, die Schafherde, Pilger auf Bänken, Franzosen, die Picknick machen - alle scharren sich um die kleine Kapelle. Und ich sitze inmitten der Ansammlung und kaue auf meinem Brot herum. Die Scouts nebst ihren Mönchen zelebrieren plötzlich eine Messe vor der Kapelle, genau dort, wo ich sitze. Nun wird es noch skurriler. Immer wenn ich kaue, ist es still und meine Kaugeräusche poltern in die Messe hinein. Neben, vor und hinter mir wird kräftig gesungen.

OK, ich will nun doch weiter. An der Kapelle ist ein Wasserhahn und so störe ich mit den Wassergeräuschen noch einmal die Messe. Weg bin ich, hinunter den Berg in die heiße Sonne des Nachmittags. Ostabat ist nicht mehr weit und nach einem weiteren Kilometer komme ich in der Gite des singenden Basken an, der Gite Izarrak. Die Gite wirkt sehr funktional, aber es gibt einen Pool. Wir sind vier Pilger in einem etwas engen Zimmer. Das Abendessen schmeckt gut, insgesamt sind 14 Pilger in der Gite. Nur der Baske singt nicht.

Ich treffe ihn am Abend, als er in die Gite kommt. Da er irgendwie lustig am Kopf umwickelt ist, sicher wegen der Hitze, halte ich ihn für einem Muslim und begrüße ihn mit Salam Aleikum. Er lacht dröhnend, ich schließe mich ihm an.

Erst beim Frühstück singt er dann, zuerst das Ultrea Lied, da freue ich mich, bin richtig gerührt. Mit erwärmten Gemüt starte ich.

Der Vormittag wird neblig und hat die Pyrenäen verschluckt. Wir machen eine Pause im Pilgerstädtchen Saint Jean Pied de Port. Hier beginnen viele Leute aus aller Welt ihren Weg nach Santiago. Alex braucht Flip-Flops und so warte ich mit den Rucksäcken in einer Bar. Im Städtchen wimmeln Touristen und Pilger umher. Das ist etwas ungewohnt und anstrengend. Alex kommt mit den Schlappen und wir können weiter. Inzwischen ist der Nebel auf und davon und wir pilgern im knallenden Sonnenschein die sieben Kilometer nach Orisson hoch. Sie sind anstrengend wie immer, aber machbar. Nun sind wir im Refugio, haben die letzte französische Nacht vor uns, bevor es morgen weiter auf der Napoleonroute nach Spanien geht. Ja, nach Spanien. Ich freue mich riesig.

Rocamadour

Rocamadour am Morgen ist menschenleer. Nur die Gassenkehrer sind bei der Arbeit und fegen alles blitzeblank. Und die Lieferautos quetschen sich durch die engen Gassen aneinander vorbei.

Am blauen Himmel steigt ein Ballon auf. Ich lasse mir die Zeit, die ich habe. Der Kaffee im Restaurant ist vorzüglich und ich schaue dem emsigen Treiben zu. Die Läden und Shops werden frisch aufgefüllt. Um 10 Uhr kommen die Touristen. Dann werde ich aber schon los sein, der Weg GR 6 wartet.

Gestern früh gelang es mir nicht, lautlos die alte Holztreppe in der Gite hinunterzusteigen. Jede Holzstufe hatte ein anderes Knarren. Nur ergab dies keine Melodie. Und je mehr ich mich bemühte leise zu sein, umso lauter wurde mein Auftritt. Die Franzosen im Schlafraum unter dem Dach rührten sich nicht und ließen mir Bad und Küche zur alleinigen Nutzung. Erst als ich zu sieben Uhr die Gite verließ, hörte ich im Bad Geräusche. Der Morgen war klar und freundlich und ich kam gut über schöne Wege bis nach Montfaucon.

Ein kleines Café hatte schon offen, so konnte ich einen Kaffee trinken. Es saß sich gemütlich zu früher Stunde in diesem kleinen Ort, der natürlich auf einem Hügel lag.

Der weitere Weg nach Rocamadour war schattig und sonnig und hielt mich mit mehreren Auf- und Abstiegen auf Trab. Mitten im Nirgendwo gab es eine schattige Bank und einen Wasserhahn. Das war toll. Heute kamen mir insgesamt 31 Pilger entgegen.

Im letzten Dorf vor Rocamadour, Chouzou mit Namen, tankte ich nochmal Wasser in der sympathischen Gite "Die Sieben Pilger". Die Betreiber waren sehr freundlich und ebenfalls Pilger. Sie fragten mich nach meinen Wegen aus, besonders ihr Sohn war interessiert. Ich zog erfreut weiter, sechs Kilometer waren es noch. Und die zogen sich hin.

Endlich sah ich auf der anderen Seite eines Tales Rocamadour. Das hieß natürlich noch mal hinab und dann wieder hoch in den Ort der tausend Treppenstufen. Ein junger Mann mit blauem T-Shirt eines christlichen Vereines brachte mich zu meiner Gite. Ich war in diesem Moment total überfordert mit den Menschenmassen.

Hunderte Touristen schoben sich durch die Gassen, belagerten die Treppen, leckten Eis und blieben urplötzlich im Weg stehen.

Das Accueil chrêtien lag zum Glück etwas abseits. Eine freundliche alte Dame ließ sich auf das Übersetzungsspiel ein und konnte mir alles erklären. Der Translator übersetzte lustigerweise natürlich auch ihre laut geäußerten Überlegungen. Später, nach Duschen und Wäsche waschen, wagte ich mich nochmal ins Getümmel. In einem Restaurant mit schöner Terrasse genehmigte ich mir ein königliches Ludwig Bier.

Irgendwo zwischen all den Souvenirläden gab es noch ein Baguette und auch einen Mini-Rocamadour-Käse zu kaufen. Das Örtchen war, trotz der vielen Menschen, beeindruckend und ganz anders als Conques. Am liebsten hätte ich Flügel und würde gern mit Abstand auf dieses Örtchen schauen.

Am Abend kochte ich für mich und einen netten jungen Franzosen mit ungarischen Wurzeln. Wir schwatzten viel über allerlei Themen. Meine mitgebrachte Möhre nebst einer Kartoffel verwandelten eine Dose Linsen zu einem leckeren Abendmahl für uns zwei Pilger.

ORANGINA

Gott ist ein Kühlschrank

Ich bin zu Gast in der Oasis Gite in Coubous im Célé-Tal. Die Hospitaliera Virginie zaubert am Abend ein einfaches und schmackhaftes Essen. Trotz vorheriger Absprache sind dann doch Tomaten im Gemüse. Da muss ich also erst alles raus fummeln, bevor ich essen kann. Das bekomme ich auch noch hin.

Die drei französischen Pilgerinnen und die Gastgeberin schnattern fröhlich in ihrer Sprache, wahrscheinlich über Gott und die Welt. Ich bin draußen, höre etwas zu, versuche das eine oder andere Wort zu verstehen. Nicht schlimm, ich verziehe mich dann nach getaner "Arbeit" ins Pilgerhäuschen.

Der Morgen wird angenehm frisch, das Frühstück ist lecker und ich verquatsche mich ein wenig. Zeit ist aber ausreichend da. So starte ich kurz nach 8 in Richtung Cabrerets.

Das Örtchen ist ziemlich zugeparkt, trotzdem ist kaum jemand zu sehen. Mein verspätetes Frühsportprogramm beginnt, der Aufstieg zur Grotte Pech-Merle. Den Eintritt von 15 Euro finde ich ziemlich happig. So schaue ich mir die Höhle nur von außen an.

Dann geht es natürlich den Berg weiter hoch. Eine gut gemeinte Abschiedsetappe vom Voie du Célé. Bald bin ich über den Berg in Conduche.

Laut Karte müsste man eigentlich den Chemin de halage auf der anderen Seite des Lot sehen können. Dieser beeindruckende Weg ist in den Felsen eines Berghanges hinein gehauen. Bei der Eifelbrücke biege ich zum Lot ab. Ich höre durch das eng bewachsene Ufer Stimmen im Hintergrund. Irgendwo ist ein Stück Hang frei von Bewuchs und ich wage den Abstieg zum Ufer. Tatsächlich kann ich ein Stück dieses Weges sehen. Da ist ganz schön Betrieb!

In Bouzies gibt es nicht viel, aber einen Miniladen mit Wasser und Brot. Da ich den Weg kenne, tanke ich ausreichend Wasser. Nach einem längeren Straßenstück und Uferweg bin ich am Tunnel, durch den der Weg vom Lot nach oben führt.

Das ist auch ein Aufstieg vom Feinsten, der einfach nicht aufhören will. Und es gibt am Wegrand wenig Schatten spendende Bäume. Mein Wasser wird knapp, ich rationierte. Jeden Kilometer genehmige ich mir einen kleinen Schluck. Inzwischen bin ich an einer Straße.

Den Picknickplatz am Straßenrand brauche ich nochmal als Halt. Trotz Sitzen im Schatten schwitze ich. Das Wasser wird knapp werden auf den letzten fünf Kilometern. Der Weg führt weg von der Straße, hinab und weiter hinab. Irgendwann höre ich Technomusik durch den Wald schallen. Was ist das?

Plötzlich steht da am Wegesrand ein brummender Kühlschrank mit Sichtscheibe. Ich bin im Himmel und Gott hat die Form eines Kühlschranks angenommen. Er ist gefüllt mit kalten Getränken. Die Technomusik klingt plötzlich wie Himmelsgeigen. Niemand ist zu sehen, aber auf einem Schild steht der Preis: 1,50 Euro. Ein annehmbarer Eintrittspreis in den Himmel. Mir ist vor Glück und Vorfreude echt zum Heulen zumute. Aber erstmal muss ich mir Flüssigkeit zuführen. Was für eine verrückte Sache! Eine irre gute Idee. Ich trinke ein Bier und eine Cola. Das schmeckt himmlisch und tut so gut. Ja, drei Kilometer vor Pasturat treffe ich also heute Gott in Form eines Kühlschranks. Vielleicht ist es auch nicht Gott persönlich. So komme ich gut getränkt den Berg weiter herunter und erreiche die Gite. Auf dem Hof trinke ich feierlich den letzten Schluck Wasser aus meiner Flasche.

Spaghettiman

Im Sommer 2024 setze ich in Frankreich die Via Tolosana fort, das ist der Jakobsweg von Arles über Toulouse zum Somportpass.
Mein Startpunkt ist Montpellier. In der ersten Herberge, die von einer etwas schrulligen Alten betrieben wird, wähle ich zum Abgewöhnen ein Einzelzimmer.

In der Gite sind schon drei Pilgerinnen anwesend. Zufällig kommen sie alle aus Belgien. Ich lerne sie auf dem Weg noch näher kennen. Und hier treffe ich auch zum ersten Mal den Spaghettiman, ohne zu wissen, dass er es ist.
Er erzählt mir in der Küche, dass er aufhören will zu pilgern, weil es ihm zu warm ist. Die Frauen erzählen mir später, dass er am nächsten Tag früh um 5 Uhr aufgestanden ist, in der Küche hinter den spanischen Wänden Spaghetti gekocht und sie sehr geräuschvoll verspeist hatte.
Ich in meinem Einzelzimmer höre nur leises Gebimmel, denke im Halbschlaf an die Kirchenglocken, die den Tag ankündigen. Ich kann noch ein wenig weiter schlummern.

Für die Frauen hinter dem Vorhang hört sich das ganz anders an. Für sie ist die Nacht da schon beendet.

Meine Pilgerei geht weiter, umso erstaunter bin ich, dass ich diesen Mann am nächsten Tag wiedertreffe, da er doch aufhören wollte. Ich habe das Pech, dass ich im selben Zimmer wie er lande. Der Ort, in dem wir Quartier haben, ist sehr touristisch. Man kann allerlei Klimbim kaufen. Aber Brot oder normale Lebensmittel kann man nirgends erwerben. Ich frage mich durch den ganzen Ort und kann in einem Laden, der Sandwichs anbietet, zwei Stück Brot erfragen.
Mein Zimmergenosse schimpft bei meiner Ankunft herum, ich verstehe soviel, dass er Spaghetti kaufen wollte und dies nirgends möglich ist. Für mich war der Zusammenhang immer noch nicht hergestellt. Ich biete ihm ein Stück von meinem mühsam erworbenen Brot an, was er ablehnt.

In der Nacht schnarcht er dafür vom Feinsten. Ohne Pause und durchgehend. Ich liege in meinem Bett und habe allerlei fürchterliche Gedanken. Vielleicht hätte er mit der Aussicht auf Spaghetti zum Frühstück weniger geschnarcht?

Am nächsten Morgen schläft er noch, als ich leise aufstehe und losgehe. Ich hoffte, dass ich ihn am nächsten Tag nicht wieder im selben Zimmer unterkommen würde.

Die drei belgischen Pilgerinnen sind in der nächsten Gite mit mir zusammen und erzählen dann vom Spaghettiman. Ich ergänze meine Erfahrungen und wir lachen alle vier zusammen herzlich.

Am nächsten Tag in der Unterkunft treffen wir auf eine Pilgerin, die uns aufgebracht von einem Pilger erzählt, der am frühen Morgen gekocht hatte. Es ist nicht schwer zu erraten: Er kochte sich Spaghetti. Wir sind nicht mehr zu halten und lachen albern, ohne ein Ende zu finden. Die Pilgerin versteht die Welt nicht mehr. Unter Tränen klären wir sie auf, dann versteht sie unsere Reaktion halbwegs.

Den Spaghettiman sehen wir nicht mehr. Und nach drei Tagen sind wir so weit, dass wir uns Spagetti kochen, aber zum Abendbrot. Er bleibt für uns aber in Erinnerung. Jedes Mal, wenn in den Gites erzählt wird, dass noch ein Pilger kommen würde, witzeln wir sofort über den Spaghettiman.

Am Ende der Tolosana

Am Ende eines jeden Camino versuche ich immer ein wenig langsamer zu gehen, das Ende hinauszuzögern. So lande ich heute knapp 12 Kilometer vor meinem Ziel des Passes Somport im kleinen Dörfchen Urdos. Die Herberge in Urdos ist ein richtiges Schmuckstückchen. Der Besitzer, der im Nebenhaus auch einen Laden betreibt, hat sich wirklich Gedanken gemacht und auch an kleine Details gedacht, wie Ketchup, Wäscheklammern und Kaffeesahne. Nur der Pulverkaffee schmeckt mir überhaupt nicht. In der Herberge ist noch ein zweiter Pilger, Justin aus Litauen. Auch wenn man zum ersten Mal auf einen anderen Pilger trifft, ist es trotzdem möglich, sich direkt und intensiv zu unterhalten. Vielleicht liegt dies an den unkomplizierten Umständen eines Jakobsweges, wo man gemeinsam Schlafräume nutzt und viel miteinander teilt.

Am Morgen frühstücke ich meinen Rucksack leer, denn in der nächsten Herberge habe ich Halbpension gewählt. Durch die geografische Lage des Weges ist es zwar schon hell, aber ich gehe durch ein Schattental, die Sonne braucht wie immer ewig, um über die Pyrenäen zu kommen.

Ich habe Bammel vor dieser Etappe, über 900 Höhenmeter muss ich bewältigen. Hinter Urdos geht es gleich zur Sache, der Weg führt mega schräg nach oben. Es fehlt nicht viel und ich hätte beim Gehen mit der Nase den Boden berührt. Irgendwann glaube ich für einen Moment, dass ich oben bin. Aber auch von dort ging es immer weiter bergauf, zum Glück etwas moderater.

An Wegen ist wieder alles dabei, schmale Ziegenpfade in Hufbreite, Pilgerwege vom Feinsten, Wegstrecken an schmalen Straßenrändern, kleine Teerstraßen, anstrengende Kletterpfade, Finsterforstpfade, Wiesenwege, nasse Wege, steinige Wege, Matsch-stellen und immer wieder Eisentore. Die finde ich heute sehr beruhigend, denn es gibt zahlreiche Wildschweinwühlstellen. Hinter so einer Tür hätte ich mich in Sicherheit bringen können, denn Schweine können diese Türen nicht öffnen.

Etwas unverständlich empfinde ich die gespannten Stacheldrähte als Abzäunungen vor Abgründen, an denen man sich bestimmt voller Freude festhalten möchte. Je höher ich komme, desto grandioser werden die Aussichten auf die hohen Berggipfel der Pyrenäen und in die grünen Täler.

Das Tal vor dem Somportpass ist bezaubernd im Sonnenschein, die lila Bodenblüten wunderschön. Plötzlich steht ein abgestürztes Auto auf dem schmalen Pfad. Es ist wenig Platz, um daran vorbeizukommen. Ich muss mich am offenen Beifahrerfenster entlang hangeln, hänge über den Abgrund. Das fühlt sich merkwürdig an. Beide Airbags im Auto sind aufgeblasen und auf dem Beifahrersitz liegt ein Schlafsack. In der Herberge auf dem Somportpass werde ich heute schlafen. Hier ist sozusagen das Ende meines diesjährigen Weges. Der Nachmittag ist noch jung und so stelle ich kurzentschlossen meinen Rucksack ab und pilgere weiter.

Im März 2013 startete ich den Aragones auf dem Somport und konnte wegen zugeschneiter Wege nur auf der Straße bis Canfranc Estacion pilgern. Ich hole ihn also jetzt nach und empfinde ihn teilweise schön und etwas anstrengend. Aber ich erreiche wie gewollt den riesigen Bahnhofes Canfranc. Mit dem französischen Bus fahre ich zurück auf den Pass zur Gite und zu meinem Rucksack. Morgen geht es vor hier mit dem Bus zurück nach Frankreich und mit dem Zug nach Deutschland. Im nächsten Jahr werde ich zurückkommen und den Camino Aragones weiter pilgern.